TYPHON

TYPHON
OV LA
IGANTOMACHIE
Poeme Burlesque
die a monseigneur
L eminentissime
ardinal Mazarin
PARIS chez Toussainct Quinet au Palais auec Privilege du Roy

TYPHON
OV LA GIGANTOMACHIE.

Poëme Burlesque.

DEDIE'

A MONSEIGNEVR L'EMINENTISSIME CARDINAL

MAZARIN.

A PARIS,
Chez TOVSSAINCT QVINET, au Palais, sous la montée de la Cour des Aydes.

M. DC. XLIIII.

AVEC PRIVILEGE DV ROY.

TYPHON, OV LA GIGANTOMACHIE.

POESME BVRLESQVE.

CHANT PREMIER.

IE chante, quoy que d'vn gosier
Qui ne mâche point de Laurier;
Non Hector, non le braue Enée,
Non Amphiare, ou Capanée,
Non le vaillant fils de Thetis,
Tous ces gens-là sont trop petits,
Et ne vont pas à la ceinture
De ceux dont j'écris l'auanture:
Ie chante cét Homme étonnant,
Deuant qui Iuppin le Tonnant,
Plus viste qu'vn trait d'Arbaleste,
S'enfuit sans ozer tenir teste;

Ie chante l'horrible Typhon
Au nez crochu comme vn Griffon,
A qui cent bras longs comme gaulles
Sortoient de deux seules épaulles,
Entre lesquelles on voyoit
Teste qui le monde effrayoit;
Teste qui n'estoit pas à peindre,
Mais teste à redouter & craindre;
Au reste d'esprit si quinteux,
Que i'en suis quelquefois honteux.
IE CHANTE aussi Messieurs ses freres
Qui certes ne luy cedoient gueres,
Tant à déraciner des Monts,
Qu'à passer Riuieres sans Ponts,
Mettre les plus hautes Montagnes,
Au niueau des plattes Campagnes;
Et des grands Pins faire bastons
Qui n'estoient encore assez longs;
Desquels maints grands coups ils donnerent
A maints Dieux qui ne s'en vanterent,
Quand ils retournerent aux Cieux:
Mais fait bon battre glorieux.
O Grand MAZARIN, ô Grand Homme,
Riche Thresor venu de Rome,
Laquelle n'a pas sur ma Foy,
Rien gardé de pareil pour soy.

En quoy paroiſt ſa courtoiſie,
Dont la France la remercie,
Eſprit qui ne t'endors iamais;
Expert en guerre, expert en paix,
IVLE plus Grand que le Grand IVLE,
Qui nous ſers autant qu'vn Hercule,
Sur lequel on dit qu'eſtant las,
S'accoudoit autrefois Atlas;
Si tu voulois ton Arc détendre,
Et daignois iuſqu'à moy deſcendre;
Si les petits Vers que j'écris
T'arrachoient le moindre ſoûris,
S'ils te cauſoient la moindre ioye,
Ie le jure afin qu'on me croye,
Par le Chef de ſaincte HAVTEFORT,
Et c'eſt à moy jurer bien fort;
Que malgré les maux que j'endure,
Malgré fortune toûjours dure,
Ie me tiendrois auſſi content,
Que ſi n'eſtant plus impotent,
Ie pouuois à V. Eminence
Faire profonde reuerence:
Mais helas! chetif ie ne puis;
Roide comme vn baſton ie ſuis:
Et par maudite maladie,
Dont ma face eſt toute enlaidie;

Ie suis persecuté dés lors
Que du tres-adorable corps
De nostre Royne, que tant i'aime,
Sortit LOVIS quatorziéme,
Louys surnommé Dieu-donné,
Pour le bien de la France né;
Qui secondé de ta prudence
Nous mettra tous dans l'abondance,
En dépit des maudits Geants,
Id est mutins, mauuaises gens,
Qui regrettez ne seroient gueres
S'on les voyoit habiter Bieres,
Tandis que les bons demeurez
Habiteroient Palais dorez:
Mais pour vn Poëte grotesque,
Ie m'écarte trop du Burlesque;
Retournons y donc promptement,
Außi bien c'est nostre élement,
Et décriuons bien la furie
De toute la Giganterie;
Comme le grand fils d'Alcmena,
De sa Masse les mal-mena
Comme Iupiter de son Foudre
Eut le passe-temps de les moudre,
Et fit à Typhon leur grand Chef,
D'vne Montagne vn Couure-chef.

TYPHON.

MVSES qui vistes leur audace,
Et vous sauuastes de Parnasse,
Quand Iuppin qui lors s'effraya,
Sauue qui peut aux Dieux cria:
Et depuis la Voûte Estoillée
S'encourut à bride auallée,
Aussi timide qu'vn Conil,
Iusques aux riuages du Nil:
Dittes moy bien de quelles formes
De peur, de ces Monstres énormes,
Les Dieux furent lors reuétus,
S'il est vray qu'ils furent battus,
Où s'ils furent ceux qui battirent,
Et les Geants aneantirent,
Où s'ils furent aneantis
Par ces grands hommes mal bastis;
Car, & d'eux & des Dieux Celestes
Ne sont demeurez aucuns restes:
De vous mesmes & d'Apollon,
Quoy que tres-plaisant viollon,
Force gens disent que vous n'estes,
Autre chose que des sornettes:
Mais soyez sornettes ou non,
Ie vay commencer tout de bon.
Vn Dimanche bon iour bonne œuure;
Typhon aux cheueux de couleuvre,

Apres auoir tres-bien disné,
Iusqu'à ventre déboutouné,
Inuita tous Meßieurs ses freres,
Qui de luy ne s'éloignoient gueres,
A vouloir pour chasser l'ennuy,
Ioüer aux quilles auecque luy:
Ces quilles estoient longues Roches,
Dont il auoit de ses mains croches,
Sans nul marteau ny ferrement
Fait vn jeu ie ne sçay comment;
Elles n'estoient pas des plus belles
Ny bien faites, mais telles quelles;
Et la boulle ne roulloit pas,
Mais seulement alloit le pas,
N'estant qu'vne Roche quarrée
En boulle fort mal figurée:
Ce fut enuiron la my-May,
Temps auquel on a le cœur gay;
Et ce fut dans la Thessalie,
Que cette trouppe tant iolie
Prit cette recreation,
Et joüa la collation:
Huict d'entr'eux aux quilles joüerent;
Et quelques autres parierent;
Ils joüoient au commencement
Comme on fait tousiours froidement,

Mais ceste race discourtoise
Ne peut ioüer long-temps sans noise ;
A la fin le jeu s'eschauffa,
Deux fois bien fort on s'y fâcha ;
Et deux fois on s'y pensa prendre,
Tant ils auoient le cerueau tendre :
Mais Typhon mettant le holâ
Empescha ce desordre-là,
Tellement que cette iournée
Sans querelle fut terminée :
Mais mieux eût valu que cent coups,
Ils s'entrefussent donnez tous,
Et qu'vne malheureuse quille
N'eust point attrappé la cheuille
Du grand pied plus long qu'vn arpent
De Typhon au crin de Serpent ;
Ce fut Mimas le Sanguinaire
Qui le fit sans le penser faire ;
Quoy que ce fut sans y penser,
Typhon pensa s'en offenser,
Il ne fit pourtant pas la beste
De crainte de troubler la feste,
Il grinça seulement les dents,
Et les yeux de colêre ardans,
Iettant le feu par les Narilles
Il ramassa toutes les quilles,

Et les jetta ſans regarder
Tant que ſon bras les peût darder :
Ces quilles d'vn tel bras ruées
Paſſerent bien-toſt les Nuées ;
Et perçant la voûte des Cieux
Donnerent iuſqu'où tous les Dieux,
Humoient ſans ſonger à malice
L'exhalaiſon d'vn ſacrifice,
Et du Nectar ſe rempliſſoient
Que les Deeſſes leur verſoient,
Reſolus de boire & reboire
Pour le moins iuſqu'à la nuict noire.
Pour Mars il prenoit du Petun
Mépriſant tout autre parfum :
Car depuis que dans la Hollande,
Où ſa renommée eſtoit grande ;
A petuner il s'eſtoit mis,
Comme on fait tout pour ſes amis ;
Sans ceſſe ce traiſne - rapiere
Prenoit petun & beuuoit biere ;
Et de vouloir l'en empeſcher
C'eſtoit vouloir vn ſourd preſcher,
Car il n'eſtoit pas amiable,
Ains iuroit Dieu comme vn vray Diable ;
Vray ſigne qu'il auoit eſté
Nourry comme vn enfant gaſté :

Iupiter le lance Tonnerre
Dormoit ayant bû trop d'vn verre,
Et Iunon qui n'auoit moins bû
Dormoit sur vn lit à cul nu:
Enfin cette belle assemblée,
Qui ce iour-là fut tant troublée;
N'auoit garde de redouter
Que quilles les vinsent heurter;
Ce neantmoins quilles y vinrent,
Dont presque perdus ils se tinrent;
Telle fut la confusion
De la celeste Nation:
Au bruit que tant de quilles firent
Les moins valeureux tressaillirent;
Iupiter qui s'en éueilla,
Demanda qu'ay-je entendu-là:
A sa voix qui la crainte inspire,
On se regarda sans rien dire,
Mais s'en offençant il cria,
Dittes-donc, qu'est-ce qu'il y a;
Ce n'est rien, répondit Ciprine;
Taisez-vous petite putine,
(Du depuis on a dit putain,
Au lieu de tine mettant tain,
Et Cipris au lieu de Ciprine,
Tant nostre langue se rafine,

Et toûjours se rafinera
Tant que François on parlera :)
Mais fermons cette parenthese ;
Les yeux dont ardants comme braise
A Venus Dame de renom
Iupiter dit pis que son nom,
Affront qui fit monter le rouge
Au nez de cette belle Gouge ;
Mais tandis qu'elle dérougit,
Ce Dieu de colère rugit,
Ce grand Dieu fait le Diable à quatre,
Iusques à menacer de battre,
Et furieux comme Tyran
Iure deux fois par l'Alcoran,
(C'estoit son serment ordinaire :)
Mais Pallas pour le satisfaire,
Pallas qu'il estimoit beaucoup,
Luy dit ; Sire, vn furieux coup
De quelque machine de guerre,
Venu du costé de la terre,
A tout brisé vostre buffet ;
Et qui Diable tel coup a fait ?
Dit Iupin, ce n'est qu'vne quille,
Dit Mome à l'humeur si gentille ;
Lors Iupiter maistre bouffon
Quand ie me fâche tout de bon,

Ie vous deffends la raillerie,
Quand il faudra rire qu'on rie,
Mais aujourd'huy ie veux sçauoir
Quel mortel a bien le pouuoir
De me venir troubler à table:
Quoy le Ciel est donc penetrable?
Et l'on peut m'attaquer icy?
Neuf quilles & la boulle aussi,
Luy répondit Pallas le sage,
Ont fait icy bien du rauage,
Mais vous voyant tant irrité
Ie déguisois la verité;
Tous brisez sont les verres nôtres,
Si qu'il en faut achepter d'autres,
Ou bien boire aux creux de nos mains,
Graces à Messieurs les humains
Qui deuiennent d'étranges sires,
Et tous les iours se feront pires,
Si vous ne les en punissez.
Ils ont donc mes verres cassez?
Dit Iuppin, Hâ c'est trop d'audace!
Hâ vrayment ie ne les menace
De Poires molles! mais ie veux
Tant pleuuoir & gresler sur eux,
Qu'ils maudiront mille fois l'heure
D'auoir iusques dans ma demeure,

Ozé faire vn coup si hardy:
Encore vne fois ie le dy,
D'vne action si temeraire
Ie feray justice exemplaire.
Comme il vuidoit ainsi son fiel,
Le Soleil entra dans le Ciel:
Ayant acheué sa iournée,
Trouuant la Cour toute estonnée,
Il s'enquit du plus prochain Dieu
Du bruit qui troubloit ce Sainct lieu,
Si tost qu'il eut la chose apprise,
De Silene à la barbe grise,
Grand Dieu cria t'il i'ay veu tout
Et le diray de bout en bout;
Dis donc sans tarder dauantage,
Mais dis-le viste, car i'enrage,
Luy dit le grand Dieu Iuppiter;
Lors le Soleil sans hesiter,
Sire, i'ay veu Typhon n'agueres
Ioüer aux quilles & ses Freres,
Vne quille l'ayant blessé
Il a tout le jeu ramassé,
Et quilles & boulle ruées,
Comme on void à trauers nüées:
Tais-toy, tu n'en as que trop dit,
Dit Iuppin, cét homme maudit

Est pour me donner de la peine ;
Hola haut enfant de Cilene,
Pends tes deux iambes à ton coû,
Et va viste tu sçay bien où,
Va trouuer cette grosse beste,
Et me luy laue bien la teste,
Apprends luy bien ce que ie puis,
Ce qu'il est, & ce que ie suis,
S'il pense ainsi faire des siennes,
Qu'à la fin ie feray des miennes,
Et qu'il fera bien s'il me croit,
Desormais de charier droit ;
Ie n'en diray pas dauantage,
Va viste faire ton message,
Et pense à le faire si bien,
Qu'on ne trouue à redire à rien.
Mercure fit le pied derriere
D'vne fort gentille maniere,
Et sortit, mais à recullons
De peur de monstrer les tallons,
Puis ayant pris des tallonnieres
Rabillées depuis n'agueres,
Son sâbre & son bonnet aislé,
Et son baston entortillé
De deux Serpens ou deux Anguilles
Par dessus champs, par dessus villes,

Vola leger comme vn Faucon
Droit vers la montagne Helicon,
Pour voir les filles de memoire,
Et là se rafraischir & boire:
Arriuant au double coupeau
Il trouua le docte troupeau,
Les neuf sçauantes Damoiselles,
Assizes dessus des bancelles,
Qui faisoient la dissection
Auecque grande attention;
De Madrigaux surdes absences,
Et d'vn long ouurage de stances,
Sur quelques plaisirs accordez;
Iuppin les auoit commandez,
Iuppin qui du Ciel toûjours guigne
Quelque pucelle en droitte ligne,
Dont sa femme Dame Iunon
Fait souuent mine de Guenon:
Trois des plus habilles d'entr'elles,
Mais ie n'ay pû sçauoir lesquelles
Auoient fait ces beaux carmes-là,
Deuant luy l'on les estalla;
Et le pria-t'on de les lire,
Il n'y trouua rien à redire,
Si ce n'est en quelques endroits
Certains mots qui n'estoient François;

Puis il leur conta la colère
De Iupiter leur commun Pere,
Et comme il estoit deputé
Deuers sa Gigantosité,
Pour apprendre à toute sa race
Comme ce grand Dieu les menace,
Malgré leurs centaines de mains
De les rendre moindres que Nains:
Là-dessus vn pot de serizes
Par ces Donzelles bien apprises
Luy fut gayement presenté,
Et le dedans d'vn grand pasté
Qu'Apollon leur Dieu tutelaire
Leur auoit depuis peu fait faire;
Mais il n'en mangea pas beaucoup;
Il beut seulement vn grand coup,
Puis disant à Dieu vous commande
Il quitta la sçauante bande,
Et s'enuolla sans s'arrester,
Ou Typhon soulloit frequenter.

La nuit noire comme vne More
N'estoit point arriuée encore
Lors que Mercure les trouua:
Mais tost apres elle arriua,
Et cacha le Ciel de ses voilles
Parsemez de cent mille Estoilles.

Quant à ces hommes inhumains,
Et tres-dangereux de leurs mains,
Ils estoient lors dans vne pleine
D'vne grande forest prochaine,
Occupez à faire vn bûcher
Qui pouuoit rendre le bois cher,
Car vne forest toute entiere
Estoit du bûcher la matiere;
Mais il leur falloit tout de bon
Crande quantité de charbon,
Car grande estoit la carbonnade
Dont ils vouloient faire grillade,
Et Mercure au Cieux retourné
En estoit encore estonné:
Cent bœufs vollez par les charruës,
De leurs chairs sanglantes & cruës
Couuroient pour le moins vn arpent;
De moutons quatre fois autant
Estoient en guise d'alloüettes,
En de grandes broches mal faittes,
Bien qu'on les eût faittes exprés,
De grands Pins & de grands Cyprez:
Aussi-tost qu'arriua Mercure
Ils firent vne ample ceinture
De leurs grands corps autour de luy;
Luy non sans craindre quelque ennuy

D'vne

D'vne gent si brutale & fiere,
Leur parla de cette maniere:
Iupiter plus grand que vous tous,
Mille fois plus grands fussiez-vous,
Vous mande auec vos riches tailles
Que vous n'estes que des canailles,
Particulierement Typhon
Luy semble vn tres-mauuais bouffon,
D'auoir de quilles ou de pierres
Ozer casser ses plus beaux verres;
Si c'est querelle d'Allemant,
C'est bien manquer de jugement,
De ne redouter pas la foudre
Dont il mit les Titans en poudre,
Ces grands hommes qu'il a perdus
Deuroient bien vous auoir rendus
Moins entreprenans & plus sages;
Mais plus cruels que des sauuages
Vous volez par monts & par vaux,
Et sans craindre Archers ny Preuosts
Des passans vous vuidez les poches,
Vous pillez Messagers & Coches,
Enfin qui vous cognoistra bien
Dira que vous ne valez rien.
Or Iupiter qui vous tollere,
Aimant la Terre vostre mere,

Et non pas vous qui ne valez
L'eau que tous les iours auallez,
Veut bien oublier vostre audace,
Mais außi qu'on le satisfasse,
Et que dans trois ou quatre iours,
Maintenant qu'ils ne sont plus cours,
L'vn de vous aille sans remize,
Droit à la ville de Venize,
D'où cent verres de compte fait,
(Car pour remeubler tel buffet
Il faut pour le moins la centaine).
Deuant la fin de la semaine
Humblement luy seront portez,
Par ce moyen vous éuitez
Les traits du courroux redoutable
De ce grand Dieu tres-équitable.
Ainsi Mercure leur parla,
Typhon criant taisez-vous là,
Car bien grand estoit le murmure
Que causoit harangue si dure,
Luy répondit d'vne voix d'Ours,
Et luy tint ce ioly discours;
Mon pauure petit fils de Maye,
Ie ne dis que daye dandaye
A ces beaux discours gracieux
Que vous nous apportez des Cieux,

Gentil Ambassadeur de quilles,
Croyez-moy, troussez vos guenilles,
Et sçachez qu'il s'en faut bien peu
Qu'on ne vous iette dans ce feu;
Hà vrayment vostre sot message
Est vn assez bon témoignage
Que les Dieux sont moins gens de bien
Que nous qui ne vous faisons rien:
Et pour vos tasses & vos verres,
Qui feront tant choir de tonnerres,
Ie n'en ay pour vostre grand Dieu
Non plus qu'il en peut dans mon yeu:
Allez vostre dépesche est faite,
Tirez-vous d'icy braguenette.
Lors que Typhon eust ainsi dit,
L'Assemblée à rire se prit:
Puis cette mauditte assemblée
Se mit à faire vne huée,
Dont ce Dieu se trouua confus
Autant que d'vn soufflet & plus:
Mais Typhon imposant silence
Empescha toute violence,
Et ce Dieu qui n'estoit pas sot
Se retira sans dire mot.
Pour Typhon & toute sa bande,
Ils firent cuire leur viande;

Puis ayans mangé comme loups,
Et beu chacun plus de cent coups,
Prés du feu ces veaux s'étendirent
Et paisiblement s'endormirent.
Et moy qui vous écris cecy,
Trouuez bon que ie dorme aussi.

Fin du premier Chant.

TYPHON, OV LA GIGANTOMACHIE.

POESME BVRLESQVE.

Chant second.

A rouge Amante de Cephale
De son Char où luit mainte opale,
Pleuroit, & respandoit ses pleurs
Sur les herbes & sur les fleurs;
Mercure sur le haut d'vn chesne,
Non sans auoir le corps en gehene,
Auoit cette nuict la gisté
Pour reposer en seureté,
(Car ces campaignes estoient plaines
De voleurs, & de tire-laines)

Mais voyant l'aube il descendit
De ce tres incommode lict,
Et se guinda quittant la terre,
Vers la region du tonnerre.
Quand dans le Ciel il arriua,
Iupiter au lict il trouua
Auec dame Junon sa femme,
Qui souuent luy chante sa game:
Car souuent moins sage que fou,
Il va courir le guilledou;
D'ailleurs, vn tres-grand personnage
Plain d'honneur, esprit & courage,
Et vrayment vous l'allez bien voir:
Car s'il n'eust bien faict son deuoir
Contre Typhon & sa sequelle,
Tous les Dieux en auoient dans l'aisle:
Car Typhon auoit resolu,
S'il deuenoit maistre absolu,
Aux vns de leur raser les nuques,
Des autres faire des Enuques,
Et distribuer aux Geants
Les Deesses & leurs enfans,
Pour en faire des choux, des raues;
Mais à tous ces desseins si braues,
Le succez ne fut pas egal,
Son pauure cas alla tres mal;

Il fut battu, l'Acariastre,
Et quasi battu comme plastre,
Iupin fit choir cet homme lourd,
Et frappa dessus comme vn sourd,
Faisant voir luy cassant la teste,
Que son chien n'estoit qu'vne beste:
Et quand est de luy, qu'il estoit
Digne du sceptre qu'il portoit.
Mais disons par ordre la chose,
De peur que sur nous on ne glose;
Il estoit donc encore au lit,
D'où si tost que Mercure il vit
Il se ietta sans robbe prendre,
Tant il estoit pressé d'apprendre
S'il auroit satisfaction
De cette fiere nation.
Et bien (dit-il) quelles nouuelles,
Sont ils soubmis, sont ils rebelles?
Faut-il punir ou pardonner?
Faut-il se resoudre à tonner?
Grand Dieu, luy dit le fils de Maye,
La chanson de daye dandaye
Est tout ce que i'ay peu tirer
D'vn, sur qui vous deuez tirer,
Et retirer foudre sur foudre,
Ou vous n'auez qu'à vous resoudre

D'estre sans foudre ny demy
Bien tost pris de vostre ennemy ;
Pour moy ie dois vne chandelle,
Pour l'auoir eschapé si belle,
Il ne s'en est falu que peu
Qu'on ne m'ait jetté dans vn feu,
Apres mainte niche soufferte.
Enfin ayant la bouche ouuerte,
Afin de leur representer
Ce qu'ils auoient à redouter.
Ils se sont mis sans me rien dire,
A s'entre-regarder & rire,
Puis sur moy crians au renard,
Et quelques-vns chien de bastard,
I'ay veu l'heure qu'apres l'injure
Vostre fils qu'on nomme Mercure,
Auecque sa Diuinité,
Alloit estre au moins souffleté,
Peut estre que dans la peur nostre,
I'ay pris vne chose pour l'autre,
Et l'oreille m'a peu corner :
Mais le facheux mot de berner
M'a frappé, me semble, l'oreille.
A tel mot ce n'est pas merueille
Si vostre fils n'a plus songé
Qu'a prendre vistement congé :

Et voila, grand Dieu du tonnerre,
Tout ce que i'ay faict sur la terre.
Puissay-je auoir dans peu de temps
La galle qui dure sept ans,
Si i'adjouste ou ie diminuë,
C'est la verité toute nuë
Ce que ie vous dis icy d'eux
Aussi vray que nous sommes deux.
Il acheua presque en cholere,
Car au visage de son Pere
Il remarquoit auec ennuy
Qu'il n'estoit pas content de luy:
Mais Iupiter comme homme sage,
N'en donna pas grand tesmoignage;
Il luy dit, allez desjeuner,
Et ne manquez apres disner
De donner ordre qu'on assemble
Toutes les Deitez ensemble
Pour sçauoir d'elles tout de bon
S'il faut faire iustice ou non.
Cependant Typhon dans son ame,
Ne respire que fer & flame,
Et par cette legation
Réueille son ambition;
Encelade le temeraire,
Et Mimas le plus sanguinaire

De tous ces ſuperbes garçons
Luy donnent d'eſtranges leçons.
Ha vrayment, luy dit Encelade,
Si vous ſouffrez telle brauade,
Puiſſay-je deuenir Nabot
Si vous ne paſſez pour vn ſot.
Ie voy bien clair dans cette affaire
Iupiter veut vous faire taire,
Et vous voyant moyne tondu,
Dieu ſcait s'il fera l'entendu:
Mais pour moy deuant qu'on me tonde,
Ie feray perir tant de monde
Qu'à iamais il ſera jasé
Du grand Encelade rasé,
Si Iupiter de ſon tonnerre
Faict quelquefois peur ſur la terre,
S'il ecorne quelques rochers,
S'il rompt quelques foibles clochers
Ie veux qu'il ſcache qu'Encelade
Scait bien planter vne eſcalade;
Ouy ie veux qu'il ſoit deniché
Du Ciel où l'on le void juché,
Et que la maiſon eſtoillee
Deuenant maiſon deſolee,
Venus, Pallas, & ſa Junon,
Scachent ſi ie ſuis maſle ou non,

Si des Titans la fin tragique,
Faict que tel affront ne vous picque;
Moy tout seul qui tres picqué suis
Feray voir seul ce que ie puis:
Demain dans ces mesmes campaignes
Mettant montaignes sur montaignes,
Ie feray voir à ces beaux Dieux,
Qu'on peut bien les battre chez eux,
Que si les Titans y manquerent
Les Dieux ne les en empescherent,
Des Dieux ce ne fut la vertu,
Mais ouy bien qu'ils n'en ont point eu
Les poltrons, qu'vne peau de chevre
Fit fuir plus viste qu'vn lievre:
Mais peau de chevre ny de bouc,
N'exemptera Iupin du iouc;
Ie veux qu'il en courbe la teste,
Ce beau Dieu menace tempeste,
Dont la foudre aura beau peter
Deuant qu'il me puisse arrester;
Ie n'en diray pas dauantage,
Me suiue quiconque a courage,
Et quiconque n'en aura point
Garde son moule de pourpoint.
Typhon cette harangue ouye,
Parut la face resiouye,

Et puis deuenant furieux
Vomit la flame par les yeux.
Mimas le voyant ainsi faire,
De grand aise se mit à braire,
A son braire Porphirion,
Aux dents & griffes de lyon,
Le redoutable Alcyonée
Plus méchant qu'vne ame damnée,
Ephialte, Eurite, et Pelor,
Athos, Celadon, Damasor,
Polibotte au groin de balleine,
Clytie, Hipolite, & Pallene,
Thoon, Agrie, Gration,
Coee, Iapet, Cinne, Echion,
Le grand assommeur d'ours Asie,
Almops, & l'endiablé Besbie
Se mirent à faire les fous,
Et hurlants plus fort que des loups,
Firent auec mille gambades
Deuant Typhon mille brauades,
Criants comme des furieux
Viue Typhon, malheur aux Dieux.
Mais tandis qu'en terre on conjure,
Iupiter qui dans le Ciel jure
Pour le moins autant qu'vn chartier,
Commande qu'en chaque quartier

Chacun tienne ſes armes preſtes.
Puis de ſes foudres & tempeſtes
Faiſant la perquiſition
Et trouuant la munition
Trop courte pour faire la guerre,
Faict retourner Mercure en terre
Vers le Dieu qui faict les ſaiſons,
Pour auoir des exhalaiſons
Auec ordre, s'il n'en veut vendre,
De s'en rendre maiſtre & les prendre.
Le Soleil dit qu'il en auoit,
Mais que deſ-ja l'on luy deuoit
Deſſus, vne ſomme aſſez bonne,
Qu'au Ciel on ne payoit perſonne:
Mais pourtant de tout ſon pouuoir
Qu'il vouloit faire ſon deuoir:
Et bien qu'on ne les euſt vſees
Qu'à faire petards & fuſées,
Qu'il en alloit faire monter
Aſſez pour Jupin contenter,
Du Ciel autour duquel il tourne
Iuſques où Iupiter ſejourne,
Mercure ne fut qu'vn moment
Tant il vola legerement.
Là les Deitez aſſemblées,
Du bruict de la guerre troublées

Faisoient toutes, s'en faut bien peu,
Bonne mine à fort mauuais jeu.
Aussi-tost que Mercure ils virent,
Tres-auidement ils s'enquirent
Des forces que Typhon auoit,
Et quels gend'armes il leuoit,
Et luy tirant de sa pochette
L'Extraordinaire & la Gazette,
Les quitta pour aller conter
Des nouuelles à Iupiter;
Cependant dans la grande sale,
Où Iupiter son luxe estale,
Ces beaux Dieux furent introduis
Sans se complimenter à l'huis:
Car entr'eux chacun & chacune
Auoit rang selon sa fortune;
Par exemple, le Dieu des Eaux
Precedoit celuy des Naueaux:
C'est à dire des iardinages,
Et Bachus celuy des villages,
(Aussi bien est-il Dieu du sang.)
Enfin eux tous selon leur rang,
S'allerent mettre à la rengette
Dessus des sieges de mocquette:
Tost apres Monseigneur leur Roy,
Les vint trouuer en bel arroy,

Cupidon luy portoit la queuë
D'vne robbe de couleur bleuë,
Ses cheueux estoient retroussez,
Et joliment entre-lacez
D'vn fort beau ruban d'Angleterre,
Autrement ils trainoient à terre.
Dans sa main vn foudre il portoit,
Non pas de ceux-là qu'il jettoit,
Car il eust trop senty la poudre:
Mais seulement vn petit foudre
Qui ne portoit que douze pas,
Et souuent ne les portoit pas.
Auec luy son pere Saturne,
Vieillard seuere & taciturne,
Venoit apuyé sur sa faux
De peur de faire des pas faux.
Il fut placé dans vne chaise,
Prés de son fils fort à son aise.
Enfin chacun estant entré,
Et Pallas ayant remontré,
(Qui du Ciel estoit Chanceliere)
De Typhon la response fiere,
Et comme tous ces furieux
Témoignoient d'en vouloir aux Dieux,
Et qu'on sçauoit bien que la terre
Ne leur inspiroit que la guerre;

Que le danger estant commun,
Iupiter vouloit que chacun
Dit son aduis en conscience,
Et parlast selon sa seance.
A peine auoit-elle acheué,
Que le Dieu Mars estant leué,
Mars qui n'eut iamais de ceruelle,
Cria, vous nous la baillez belle,
Auec vostre geant Typhon,
Et vostre dessein est bouffon
D'assembler des gens de ma taille
Contre cette vile canaille,
Deuant tous les Dieux ie le dy.
Taisez-vous Monsieur l'estourdy,
Dit Iupiter tout en cholere,
C'estoit à Neptune mon frere
A parler, & non pas à vous;
Le Dieu des braues fila doux,
Et se remit dedans sa place
Faisant tres piteuse grimace.
Alors Neptune ayant toussé,
Et plusieurs crachats repoussé
Qui vouloient sortir tous ensemble,
Discourut ainsi, ce me semble.
Ie ne sçay pas bien sermonner,
Mais alors qu'il faudra donner,

Qu'il faudra que le trident iouë,
Et que nostre bras se desnouë,
Si quelqu'vn me voit des derniers,
Ie veux bien estre des premiers,
A qui ces grosses bestes fieres
Feront donner les estriuieres;
Or ie veux donner trois aduis
Qui seront si l'on veut suiuis,
Si l'on ne veut pas ne m'importe,
Le premier, que par chaque porte
On n'entre & ne sorte pas tant,
Le second & plus important,
Attendez, ie vais vous le dire.
Il se teut, lors chacun de rire,
Car on s'aperçeut aisément
Que le Dieu du moite Element
Auoit oublié sa harangue,
Lors Iupin s'en mordant la langue,
He bien, quel est donc le second?
La memoire m'a faict faux bond,
Dit Neptune, & ie pense mesme
Auoir oublié le troisiéme:
Mais quand ie m'en ressouuiendray
Asseurément ie les diray.
Ne manquez donc pas de les dire,
Dit Mome s'esbouffant de rire,

Car ces aduis sont des plus beaux.
A ce mot le grand Dieu des Eaux
Deuint rouge comme escarlatte,
Car iusqu'à se rompre la ratte
Il voyoit rire tous les Dieux:
Mais Bachus s'essuyant les yeux
Fit cesser toute la risée,
Puis d'vne parole posée,
Dont agreable estoit le son,
Harangua de cette façon.
Ie veux bien dedans la tauerne
N'entrer iamais qu'on ne m'y berne,
Si Monsieur le peuple Diuin
Faute de s'adonner au vin,
Ie passe pour sot chez les hommes;
Qui bien plus fins que nous ne sommes
Sçauent bien se donner du cœur
Par cette agreable liqueur.
Quittons quittons la l'ambrosie,
Comme vne viande mal choisie
Et nous adonnons aux iambons
Qui sont si sauoureux & bons,
Laissons le Nectar aux malades
Aussi bien que les limonnades,
Et que l'on fasse entrer ceans
Vin de Bourgongne & d'Orleans,

Et vous verrez que mes Menades
Feront de telles algarades
A ces Monstres embastonnez
Qu'ils en auront vn pied de nez,
Et que nous aurons la victoire.
Viste qu'on me luy donne à boire,
Dit Mome, car il a bien faict,
Et nous ferions bien en effect
De boire sans faire la guerre
Pour la simple patte d'vn verre,
Outre qu'ayans tous-jours la paix
Nous n'aurions la guerre iamais.
Vous ne voulez donc pas vous taire;
Enfin vous en pourrez tant faire
Que vous vous ferez soufleter,
Dit en cholere Iupiter;
Mais quoy que Iupiter peust dire,
Le drolle ne s'en fit que rire,
Et Vulcan qui ne l'aymoit point
Tirant Iupin par son pourpoint
Luy dit tout bas ostant sa tocque,
Sire voyez comme il se mocque,
Iupiter dit, ie le voy bien:
Mais il ne valut iamais rien
Ny luy ny pas vn de sa race.
Remettez-vous en vostre place,

Et ſans parler trop ny trop peu,
Aprenez-nous, grand Dieu du feu,
Les moyen de donner bon ordre
A ces chiens qui nous veulent mordre.
Lors Vulcan dit, pere tres haut,
Ie vous diray tout ce qu'il faut
Contre ces grands ietteurs de quilles,
Qu'on me faſſe attacher des grilles
Aux feneſtres qui ſont aux Cieux,
Et ie promets à tous les Dieux
De leur en faire de ſi bonnes,
Que ſur leurs Diuines perſonnes
On ne pourra pas attenter;
Mais il ne faut plus s'arreſter
Dans cette affaire qui nous preſſe,
Ie feray trauailler ſans ceſſe
A nous griller comme Nonains:
Et lors ne fuſſions nous que Nains,
Nous ne craindrons plus les ſurpriſes,
Et confondrons les entrepriſes
De ces endiablez de Geans
Pires cent fois que meſcreans,
Et c'eſt là le nœud de l'affaire.
Mome qui ne ſe pouuoit taire,
Dit, ma foy c'eſt bien aduiſé,
Et Vulcan eſt homme ruſé,

Car aiſément par les feneſtres
Les Geants ſe feroient nos maiſtres.
Ainſi quand Corbie fut pris,
On dit que quelques bons eſprits
Ordonnerent qu'on fit des grilles
Pour ſe garantir des ſoudrilles,
Du redoutable Iean de Vert
Qui lors les auoit pris ſans vert.
Il dit cela comme extatique,
Et dans vn tranſport frenetique
Iupiter qui le vit changé
Comme quand on eſt enragé,
Vit bien que cette prophetie,
(Qui dans nos iours s'eſt eſclaircie)
Eſtoit ouurage du deſtin
Qui luy cauſoit cet auertin.
Cependant la nuict arriuée,
Et la troupe s'eſtant leuée
Iupin fit ſigne de la main,
Et dit, l'on vous verra demain.
Chacun fit lors le pied derriere,
Et chacun dans ſa chacuniere
Se retira ſans faire bruit
Qu'il eſtoit deſ-ja noire nuict.

Fin du ſecond Chant.

TYPHON, OV LA GIGANTOMACHIE.

POESME BVRLESQVE.

Chant troisiesme.

Tandis que les fils de la terre,
Ne songent qu'à faire la guerre,
Le Dieu qui preside aux saisons
Amasse des exhalaisons.
Ces exhalaisons amassées,
Et devers l'Olympe chassées
Desroberent le Ciel aux yeux,
Et l'aspect de la terre aux Cieux;
Mais ce fut bien moins le dommage
Des Geants, que leur advantage:

Car ayans toute cette nuict
Trauaillé ſans faire du bruict
A leur temeraire entrepriſe,
Peu s'en falut que par ſurpriſe
Le grand Encelade ſans peur
Fauoriſé de la vapeur
Ne fiſt aux Dieux vne incartade
Correſpondante à ſa brauade.
Ayant attaché mont ſur mont
Et tachant d'attacher vn pont
Contre vne petite feneſtre
Dont il ſe vouloit rendre maiſtre,
A l'inſtant meſme l'on l'ouurit;
Lors Dieu ſçait quelle peur ſurprit
Iupiter, qui par aduanture
Faiſoit cette ſotte ouuerture;
Qu'il me pardonne, s'il luy plaiſt,
Si ie dis que tout Dieu qu'il eſt,
A l'aſpect de ce gros viſage
Il penſa perdre le courage,
Au moins s'ècria-il bien fort,
Miſericorde, ie ſuis mort!
A ſon cry Junon eſueillée,
Vint à luy toute deſbraillée,
Et criant bien fort trahiſon
Eſueilla toute la maiſon.

Sur ces piteuſes entrefaites,
Deux Dieux auec des eſcopettes
Vinrent ſe joindre à Iupiter
Qui ne faiſoit que tempeſter,
Criant, que l'on me donne vn foudre,
Ma meſche & ma boitte à la poudre.
Enfin le foudre eſtant venu,
Le bras droit iuſqu'au coude nu:
(Car tel eſtoit ſon equipage
Quand il vouloit faire carnage)
Il alla d'vn cœur franc & net,
Caſque en teſte au lieu de bonnet,
Ouurir la maudite feneſtre,
Afin d'eſſayer ſi peut-eſtre
Il pourroit d'vn coup de ſa main
Faire tomber cet inhumain;
Mais de cette feneſtre ouuerte
Penſa bien arriuer ſa perte:
Car Encelade d'vn grand tronc
D'vn Cedre tres grand & tres long,
Luy pouſſant vne botte roide
Luy fit venir la ſueur froide,
Dont tout eſperdu ſans tirer
Il ne fit que ſe retirer.
Qui n'euſt creu par cette retraitte
La Cour Celeſte eſtre defaite;

Car quand on le veid reculer,
Chacun se mit à destaler.
Luy tout seul armé de son foudre
A demeurer se peut resoudre:
Mais le sort des armes voulut
Que le Geant entrer ne put,
La fenestre estant trop petite:
Et cependant d'vne guerite,
Buches, cotrés, plastras, fagots,
Luy vinrent tomber sur le dos,
Et puis vne chauderonnée
D'eau chaude tres-bien assenée,
En le bruslant, qui le croiroit,
Fit que de chaud il deuint froid,
Dont faisant tres laide grimace
Il fit prendre à Mimas sa place;
Mimas ne demandant pas mieux,
Prit sa place tout furieux,
Et se lançant dans la fenestre,
Iupiter le voyant parestre,
D'vn coup de foudre qu'il tira
Tout le museau luy déchira.
En cet endroit, i'oy ce me semble
Quelque fat ou plusieurs ensemble,
S'estonnant de ce que Mimas
Entroit, & l'autre n'entroit pas;

Mais i'escris sur de bons memoires,
Et s'il lisoit bien les histoires,
Il sçauroit qu'vn Autheur escrit
Que Mimas estoit plus petit
Pour le moins de deux ou trois picques;
Mais laissons là ces beaux critiques,
Et retournons vn peu la haut
Voir comme se passe l'assaut,
Au bruit de Jupiter qui tonne,
Et du tocsin qu'au Ciel on sonne.
Tous les Dieux bien embastonnez,
Et tresbien intentionnnez,
Conduits par Minerue la sage,
Vinrent où ce Dieu faisoit rage,
Et deuant qui son ennemy
Ne combatoit plus qu'à demy,
Ne songeant qu'à faire retraicte
La partie estant si mal faicte,
Outre qu'il se trouuoit fort las
Et qu'il eust peur voyant Pallas.
Il regaigna donc la fenestre,
Et Iupiter s'en rendit maistre,
Criant, courage ils sont à nous,
Les infames ont peur des coups.
Apres ce cry, vray cry de ioye,
Derechef sur eux il foudroye,

Et le foudre les effrayant
Vn chacun d'eux s'en va fuyant;
Lors Jupin prit vne hallebarde
De l'vn des Archers de sa garde,
Et sur son aigle enharnaché
S'estant allegrement iuché
Suiuit cette maudite engeance
Ne respirant que la vengeance.
Les Dieux à la faueur du pont
Qui donnoit iusques au grand mont
Sur lequel le grand Encelade
Auoit fondé son escalade,
Armez de picques & d'espieux,
Suiuirent le Maistre des Dieux.
Deuant eux la terreur panique,
Bien plus que des esperons picque,
Ces grands & démesurez corps
Qui ne se souuiennent alors
De leurs belles rodomontades,
De leurs discours, plains de brauades,
Et qui plus poltrons que chastrez
Fuyent à trauers champs & prez
Deuant le Maistre du tonnerre
Sans songer à faire la guerre:
Mais ce grand Dieu sage & prudent,
Ne croid pas son courage ardent,

Et l'ennemy point ne meſpriſe;
De crainte de quelque ſurpriſe
Bien loing de croire le Dieu Mars
Qui vouloit que de toutes parts
On courut à bride abatuë,
Criant apres eux tuë, tuë;
Et puis de ſon Aigle il voyoit
L'ennemy qui ſe r'allioit
Et s'en venoit teſte baiſſée
Reparer ſa faute paſſée.
Sans deſcendre donc de cheual,
(Mais attendez, ie parle mal:
Car vn aigle eſtoit ſa monture
Comme l'enſeigne ſa peinture)
Sur ſon aigle doncques monté,
Vn grand tonnerre à ſon coſté,
Il dit ces mots (comme raconte
L'Autheur nommé Noel le Conte.)
Beaux habitans du Firmament,
Ie veux que maudit ſoit qui ment
Si i'eſpargne auiourd'huy mon foudre
Quoy que i'aye fort peu de poudre:
Mais auſsi, mes chers Citadins,
N'allez pas faire les badins,
Cecy n'eſt pas vne vetille
Bien qu'il vienne d'vn coup de quille,

Il y va de tous vos escus,
Et de n'estre pas faits cocus
Par ces méchans, par ces infames,
Qui sur tout en veulent aux femmes.
Vrayment nous leur en garderons,
Ha vrayment nous leur en ferons
Mais ce seront de bonnes playes,
Nonobstant leurs bois de fustayes,
Car ils sont tous embastonnez
De grands arbres déracinez,
Mais i'espere à coups de tonnerre
De les casser comme du verre,
Et si bien vous me secondez
Ie les tiens tres-incommodez.
Comme il disoit ces belles choses,
Qu'on lit dans les Metamorphoses,
Messieurs les Geants furent veus
De gros bastons tres bien pourueus,
Encelade estoit à la teste
Qui venoit comme vne tempeste.
Si tost que le Dieu Mars les vit
A courir contr'eux il se prit:
Encelade ayant fait de mesme,
Le bon Dieu deuint vn peu blesme,
Non sans raison, craignant le choc
D'vn Geant ferme comme vn roc.

Les deux Camps firent des prieres
Voyant ces deux ames si fieres,
Ces deux braues si gens de bien
Se ioindre pour se faire rien:
Car aussi tost qu'ils se ioignirent
Par malheur ils s'entre-craignirent;
Glaiues pourtant furent tirez,
Car ils estoient trop esclairez.
L'vn dit, ie demande la vie,
Et l'autre, comme par enuie
Cria, ie la demande aussi,
Et la noise finit ainsi.
Cela faict ils se saluerent,
Et dans leurs troupes se meslerent,
Lesquelles aussi se mesloient,
Des-ja maints durs coups y voloient,
Et Pan, d'vne conque marine
Iusques à s'en courber l'eschine
Y faisoit rage de corner,
Si qu'on n'entendit pas tonner
Iupiter qui de son tonnerre
Auoit porté Mimas par terre,
Mais le coup n'eut aucun effet
Sinon, qu'il en fut stupefait.
Il se releua plein de rage,
Et courant vers Pallas la sage

Luy fit tomber vn borion
Iustement sur le croupion.
Pallas d'vn coup de lance gaye
Luy fit vne profonde playe
D'où sortit vn large ruisseau
De sang noir comme mon chapeau.
Cependant le grand Encelade
Prit Mercure par sa salade:
Mais ce Dieu d'vn croc qu'il donna
Ce grand homme desarçonna.
Là dessus Silene l'yurogne,
Au gros ventre à la rouge trogne,
Poussant sur luy son animal
En peu de temps luy fit grand mal.
O vous, qui paroissez en peine
Du nom de la beste à Silene,
C'estoit, vray comme le iour luit,
Vn grand asne et ce qui s'ensuit.
Or ie vay vous conter merueilles
De cet asne à grandes oreilles;
Tandis qu'on est dans le combat,
Que l'on est batu, que l'on bat,
Que chacun songe à son affaire,
Ce grand asne se mit à braire:
Mais braire de telle façon,
Qu'à cet espouuentable son

Les Geants se mirent en fuite,
Et les vaillans Dieux à leur suite:
Mais ils ne poursuiuirent pas,
Les Geants allans trop grand pas,
Ils firent halte dans la plaine
Afin de reprendre l'haleine.
Cependant vn valet de pié
Du vieil Saturne, estropié
Par vn furieux mal de gouttes,
Fit naistre à Iupin de grands doutes:
Car par vn billet enuoyé
Dont le port n'estoit pas payé,
Son pere luy mandoit, qu'à Rome
Il auoit apris d'vn grand homme
Que les Geants ses ennemis
Ne seroient iamais à mort mis
Sans le secours & la vaillance
D'homme de mortelle naissance;
Et que depuis Nostradamus,
Homme qui n'estoit pas camus,
(Mais qui de loing sentoit les choses
Et les cognoissoit par leurs causes)
Auoit cet aduis confirmé,
Et que s'en estant informé
D'vne vieille Bohemienne
Que l'on tenoit Magicienne,

La Magicienne auoit iuré
Que c'estoit vn faict asseuré
Que Tiresias & Prothée
Auoient mesme chose chantée.
Certain iour qu'il les fut trouuer
Pour certain argent recouurer
Qu'vn Lacquais qu'il auoit faict pendre
Auoit eu l'audace de prendre.
Iupiter ces aduis reçeus,
Voulut vn peu réuer dessus
Pour ne rien faire à la vollée,
Puis ayant Minerue appellée,
Neptune, Mercure, et Bachus,
Et Vulcan patron des cocus.
Il leur dit, leur lisant la lettre,
Qu'il ne sçauoit quel ordre y mettre,
Et qu'il se trouuoit confondu
Par cet aduis non attendu.
Lors Minerue dit, que mon pere
Pour cela ne se desespere,
Son fils Hercule est vn mortel
Si fort, si vaillant, enfin tel,
Que tout aura fort bonne issuë
Si l'on fait agir sa massuë,
Et son infatigable bras
Contre ces maudits fierabras.

Cela dit, vn homme de mule
Fut depéché deuers Hercule,
(I'eusse dit homme de cheual,
Mais außi i'eusse rimé mal,
Et Meßieurs de l'Academie
Ne me le pardonneroient mie.)
Là dessus vn Dieu forestier,
Grand espion de son mestier,
Sortant de la forest prochaine,
Dit que c'estoit chose certaine
Que les Geants se rallioient,
Et que Typhon, comme ils fuyoient
Leur auoit faict tourner visage,
Qu'il venoit escumant de rage
Suiuy de grands vilains soudars
Portans arbres au lieu de dars.
Iupin cette nouuelle ouye,
N'eut pas la face réjouye,
Puis se r'asseurant à demy;
Mais à propos de l'ennemy,
(Ce dit-il) ie ne puis comprendre
A quel sujet, sans combat rendre
Il s'est retiré si soudain
Fuyant außi viste qu'vn dain.
C'est le grand asne de Silene,
Dit alors Mercure Cillene,

Si tost qu'il s'est à braire mis
Il a chassé les ennemis.
Vrayment, dit Iupin, il merite,
Et sa vertu n'est pas petite,
Où l'auez vous trouué si beau?
Lors Silene dans Mirebeau,
Il est de tres bonne famille,
Au reste, d'humeur tres gentille,
Et qui dans le Mirebalais
A des fils qui ne sont pas lais.
Iupiter se mit à sousrire,
Mais au fond du cœur il souspire,
Et s'il rit, c'est du bout des dents,
Vray signe qu'il souffre au dedans
De ce que son bruyant tonnerre
Ne suffit à finir la guerre.
Là dessus vn bruit furieux
Fit perdre la couleur aux Dieux;
Ce bruit, plutost ceste tempeste
Leur ayant faict tourner la teste,
Ils dirent, Dieu soit auec nous,
Car, helas! ils tremblerent tous,
Ils virent cet espouuentable,
Ce monstrueux, ce redoutable,
Ce grand visage de Griffon,
Cet incomparable Typhon

Affreux, par les eſtranges mines
De ſes cent teſtes ſerpentines,
Qui venoit auec ſes cent mains
A la teſte de ſes Germains,
Châque main branſloit vne gaule,
Pour laquelle Amadis de Gaule
Auroit, certes, tout faict ſous luy
Le plus grand homme d'aujourd'huy,
Sans auoir lunettes d'aproche
N'euſt pû diſcerner ſon nez croche.
De plus, cet homme ſans égal
Eſtoit bel homme de cheual,
Eſtoit des plus grands Politiques,
Et ſçauant es Mathematiques;
Pour moy, ie ne l'ay pas veu: Mais
Allez voir Natalis Comes,
Il vous en dira dauantage.
Les Dieux, donc, faillis de courage,
Ne ſceurent, le voyant venir,
Quelle contenance tenir:
Iupin, ſeul digne de ſa charge,
A ſon foudre mit double charge
Et s'en alla le foudroyer;
Le grand Typhon ſans s'effrayer,
Attendit ce grand coup de foudre
Qui le deuoit reduire en poudre,

Et

Et ne daignant s'en remuer
Il n'en fit rien qu'esternuer
A cause qu'il sentoit le souphre;
Lors tirant, comme d'vn grand gouffre,
De sa bouche vn rot éclattant,
Ce grand rot fit du bruit autant
Et plus mesme que le tonnerre,
Dont quelques Dieux tombans à terre
Penserent se rompre le cou;
Le Geant en rit comme vn fou,
Et dit, se tournant vers ses freres,
Voila de rudes aduersaires.
Mars se sentant ainsi picquer
S'aduantura de l'attaquer;
L'abordant auec vne hache,
Et bien couuert d'vne rondache,
Typhon qui ne l'apprehenda
Chiquenaude luy debenda
Droit au milieu de la poictrine
Et le renuersa sur l'eschine.
A ce coup, qui les Dieux surprit
Et qui leur fit perdre l'esprit,
Le bon Iupin sans dire gare
Tres vergogneusement démare:
(Pour son grand aigle, il prit l'essor
Où l'on m'a dit qu'il est encor)

Minerue montra qu'en viteſſe
Elle égaloit vne tygreſſe.
En vn mot, tous les autres Dieux
Se ſauuerent à qui mieux mieux;
Typhon aymant le brigandage
S'alla ruer ſur le bagage,
Au lieu que s'il les euſt chaſſez
Ils s'en alloient tous fricaſſez:
Mais autrement la deſtinée
Auoit cette choſe ordonnée,
Et l'on peut dire que le vin
Sauua lors le peuple Diuin;
Car dans le quartier des Silenes
Quantité de bouteilles pleines
De vin d'Orleans tres fumeux
Aux Geants yurognes comme eux
Furent d'aſſez fortes entraues
Pour arreſter long-temps ces braues,
Outre que Monſeigneur Typhon
Se mit à faire le bouffon
Ayant auallé trop d'vn verre.
Cependant le lance tonnerre
Et tous ſes gend'armes peureux
Regardoient ſouuent derriere eux,
Eſtonnez que ces beſtes fieres
Ne leur tailloient point de croupieres:

Mais helas ! leur estonnement
Ne dura quasi qu'vn moment ?
Typhon en fort peu d'emjambées
Vit dans ses grandes mains tombées
Mesdames les Diuinitez,
Lors Iupin de tous les costez
Voyant sa ruine certaine
S'enfuit dans la forest prochaine,
Tous les Dieux en firent autant.
Typhon de rire s'éclatant
Fit au Ciel mille petarades
Et mille plaisantes gambades,
Criant, Iupiter est sanglé
Et ie le tien comme en vn blé :
Mais bien souuent l'homme propose
Et fortune autrement dispose.
Iupiter se faisant belier
Luy fit vn tour de son mestier,
Sa femme Iunon deuint vache,
Neptune vn leurier d'atache,
Mome singe, Apollon Corbeau,
Bachus vn bouc, Vulcan vn veau,
Pan vn rat, Venus vne cheure,
Le Dieu Mars vn grand vilain lieure,
Diane femme d'vn marcou,
Mercure cigogne au long cou :

Enfin ſans changer de nature
Les Dieux changerent de figure.
Et dans la foreſt ſe cachans
Firent la nicque à ces meſchans.
Ces méchans & toute leur bande
Font dans la foreſt rumeur grande,
Eux et Typhon bien eſtonnez
De ny trouuer qu'vn pied de nez,
Typhon en fureur déracine
Le grand arbre comme l'eſpine;
Court la foreſt de bout en bout
Et de ſes cent bras briſe tout
Cependant des Dieux la brigade,
Ou bien plutoſt la maſcarade,
File vers le pays fertil
Qu'aroſe le fleuue du Nil,
Et Typhon confondu, s'afflige
De n'en trouuer aucun veſtige:
Mais bien toſt il les reuerra,
Et trop toſt, car il en mourra.
Vous verrez dans les Chants qui ſuiuent
Comme mal meurent qui mal viuent.

Fin du troiſieſme Chant.

TYPHON,

TYPHON, OV LA GIGANTOMACHIE.

POEME BVRLESQVE.

Chant Quatriesme.

IL estoit entre chien & loup
Lors que Iupiter fit son coup,
Et changea les Diuines testes
En autant de terrestres bestes:
Ces Dieux affligez & dolents
A cheminer ne sont pas lents,
Ils vont du pied comme des Basques;
Et ny plus ny moins que des Masques

Qui viennent de perdre vn Momon
Ne s'entredisent rien de bon :
Mais l'œil triste & la teste basse
Sesloignent d'où le taupe masse
Leur a donné mortel eschec
Mettant leurs pochettes à sec.
Ces pauures Dieux masquez de mesme,
L'œil pleurant & la face blesme
De se voir ainsi debellez
Par ces Collosses rebellez,
Auoient perdu le mot pour rire,
S'entreregardoient sans rien dire,
Chacun trauersant les guerets,
Faisant à part mille regrets,
Tant de se voir sans nulles bottes
Patroüiller au milieu des crottes,
Que de leur bagage perdu,
Qui ne leur sera point rendu.
En fin si bien ils cheminerent,
Et si bien les pieds ils menerent,
Qu'vn matin ils virent les eaux
Du fameux fleuue aux sept canaux ;
A l'aspect des eaux souhaittées
Toutes les Deïtez crottées
Rallentirent vn peu leurs pas
L'ennemy ne les suiuant pas :

Puis Iupiter chargé de laine
Commençoit à manquer d'haleine,
Et n'alloit plus que d'vn gigot
Ayant vne espine à l'ergot
Qui le contraignit de se rendre,
Et se coucher sur l'herbe tendre;
D'où tost apres s'estant leué,
Apres auoir vn peu resué
Il fit en Grec cette Harangue
Que ie vous donne en nostre langue.
Helas mon Dieu que dira-t'on
De lupin deuenu mouton?
Et que diront de nous les hommes
Au piteux estat où nous sommes.
O mes bons amis trauestis,
De grands nous voila bien petits.
Mais dessus nous la destinée
Ne sera tousiours acharnée;
Nous voila tantost dans Memphis
Où ie feray trouuer mon fils,
Et d'où comme d'vne embuscade
Nous irons donner camisade
Au rebelle malicieux
Qui nous croid estre dans les Cieux.
Cependant il faut que Mercure
Change vistement de figure,

Et que deſrobant en paſſant
Quelque habit à quelque paſſant;
Car entrer tout nud dans la ville,
La choſe ſeroit incivile;
Il s'en aille nous acheter
Quelque argent qu'il puiſſe couſter,
Dequoy nous mettre en equipage:
Le Dieu Mercure à ce langage,
Sans reſpondre ny barguigner,
Sans auſſi ſe deſcigoigner,
Vers la ville prit ſa volée;
Puis voyant certaine aſſemblée
D'hommes nuds qui le long du Nil
Cherchoient des nids de Crocodil;
Il s'en alla laiſſe baiſſée
Comme vne Cigoigne laſſée,
S'aſſeoir aupres de ces gens-là:
Eux alors crians prenons-là,
Coururent apres la Cigoigne;
Le Dieu tant ſoit peu d'eux s'eſloigne,
Feignant touſiours d'eſtre bien las,
Puis ſoudain tournant ſur ſes pas
D'vn de leurs habits il s'empare,
Et tres-joyeuſement s'en pare,
Se faiſant voir au lieu d'oyſeau
Vn tres-honneſte Damoiſeau.

Toute la troupe basanee
De ce grand prodige estonnee,
S'enfuit, & Mercure vestu
Suiuit vn grand chemin batu
Qui le mena droit à la ville,
Où bien tost comme tres-habile,
Chez vn Iuif Isac appellé,
Il changea son habit volé,
Et dressa tout son equipage
Pour des perles qu'il mit en gaige,
C'estoit le collier de Venus,
Qui lors habilla les Dieux nuds.
En fin pour abreger mon conte
Si long deja que i'en ay honte:
Il acheta d'Abnelcao
Escuyer du Roy Pharao,
Vn fort beau mulet de voiture
Animal de grande stature.
Cela fait faute de valet,
Touchant deuant luy son mulet,
Et par fois luy montant en croupe
Il alla retrouuer sa troupe,
Il distribua promptement
A chacun son habillement.
Les Dieux außi tost se vestirent,
Et joyeusement le suiuirent;

Il les mena droit à l'escu,
Dont l'hoste estoit vn peu cocu;
Sa femme estant vn peu coquette,
Qui certes fut bien satisfaite
De voir chez elle ces beaux Dieux,
Si bien faits & si gracieux.
Or comme le gousset des hommes,
Au moins de ce Siecle où nous sommes,
Put le plus souuent vn peu fort,
Et quelquefois plus qu'vn rat mot;
Il estoit des Dieux au contraire,
Leur gousset ne faisoit que plaire,
Et leur aisselle n'exhaloit
Qu'odeur qui le nez consoloit:
Cette odeur inaccoustumée
Auoit la maison parfumée,
Et le quartier l'estant aussy,
Chacun se disoit qu'est ce-cy.
En fin cette vertu celeste,
A tout Memphis fut manifeste,
Et comme gens venus de loin
Qui sentoient bien fort le Benjoin,
Et mesme quelque odeur meilleure,
A l'escu faisoient leur demeure.
Or vn iour qu'ils estoient sortis,
Ils furent des grands & petits

Regardez par grande merueille ;
On s'entredisoit à l'oreille
Ce qu'on pensoit que Iupin fût,
Mais sans iamais donner au but.
En fin selon la voix publique
Que lors chacun crut sans replique,
Ils furent des Egyptiens
Estimez des Comediens,
Quoy qu'à la plus-part cette bande
Parust & trop riche & trop grande.
Or ie pense auoir oublié
Que Iupin auoit enuoyé
Mercure vers le fils d'Almene,
Et qu'il se trouuoit bien en peine,
De ce que huit iours attendu
Il ne s'estoit encor rendu
Aupres de Monseigneur son pere,
Cela le mettoit en cholere,
Outre que la route des Dieux
L'auoit rendu capricieux.
En fin vn iour de la fenestre
Il vit de loin son fils parestre,
Il courut à luy comme vn fol,
Et pensa se rompre le col;
Le grand Amphitrioniade
Luy fit profonde genoüillade,

Puis aux bras dessus bras dessous,
Et aux comment vous portez vous.
La Troupe des Dieux & Deesses
Luy vinrent faire des carresses:
Lors les Dieux si bons & si beaux
Furent veüs pleurans comme veaux,
Quoy qu'au beau milieu de la ruë
Où la foule s'estant accruë
De ceux qui les consideroient,
Et qui Iupiter admiroient,
Car il auoit repris la mine
Du Dieu qui dans le ciel domine,
Et les autres Dieux l'imitans
Auoient les museaux esclatans.
Iupiter fit vne grimace
Qui fit peur à la populace.
Lors quelqu'vn dit quittant ce lieu,
C'est, ie me donne au diable, vn Dieu,
Ie le connois à l'encoulure,
Et mieux encor à son allure,
Car il ne va pas comme nous,
Mais seulement glisse tout doux
Comme l'on fait dessus la glace:
Ce bruit courut de place en place,
De quarrefour en quarrefour,
Et paruint vers le point du iour.

Iusqu'aux oreilles du grand Prestre,
Qui tres-curieux de connestre
Si l'on disoit la verité,
Tout à l'heure bien assisté
Des plus apparens de la ville,
Troupe tres-honneste & ciuile,
S'en alla trouuer Iupiter
Afin de le complimenter,
Luy portant mainte chose exquise,
Dont cette region se prise,
De vray baume quatre poinsons,
Du Nil quantité de poissons,
Enuiron deux cens Crocodilles,
Vingt Ichneumons, cinq cens anguilles,
Trois Hipopotames priuez,
Et deux paires de gans lauez,
Puis sachant qu'il estoit en guerre,
Ils offrirent encor leur terre,
Et s'il vouloit dans leurs Estats,
De faire leuer des Soldats.
Ce Dieu leur dit en recompense,
Qu'il leur vouloit donner dispence
D'estre, s'ils vouloient, gens de bien,
Et sans qu'il leur en coutast rien,
Qu'ils seroient exempts de vermine,
De peste, de guerre & famine,

Et que leur fleuue tout de bon
Ne leur feroit iamais faux bon;
Cependant le pauure Mercure
Contre sa Diuine Nature,
Ne fit ce iour là que pester:
Car le seuere Iupiter
L'enuoyoit pour auoir nouuelles
Du dessein qu'auoient les rebelles,
Voulant se mettre sur leurs pas
Alors qu'ils n'y penseroient pas.
Il part, il reuient, & raporte
Que Typhon auoit fait en sorte,
De mettre Osse sur Pelion,
Et disoit, fier comme vn Lyon;
Que bien tost malgré le Tonnerre
Madame sa mere la Terre,
Verroit ses enfans dans les Cieux
A la barbe de tous les Dieux.
La nouuelle estoit veritable:
Car cét escadron redoutable
Apres auoir en vain cherché
Son ennemy trop bien caché,
Estoit retourné sans remise
A sa temeraire entreprise,
Et sur les morceaux concassez
Des Monts l'vn sur l'autre entassez,

En auoit desia planté d'autres
Bien plus grands que ne sont les nostres.
A cela Iupin dit, il faut
Battre le fer quand il est chaud.
Hercule à qui la main demange,
Enrage desia qu'il ne mange
Le grand Typhon à belles dens;
Les autres ne sont moins ardens:
Car d'Hercule le fier langage
Leur auoit haussé le courage:
En fin par vn beau Samedy
Des grands Dieux l'escadron hardy,
Alla remonter sur sa beste,
Chacun ayant l'esprit en feste,
Presage du succez heureux
Que ces courages genereux
Deuoiont auoir en Thessalie:
A moy seroit grande folie
De rapporter exacte ment
Quel fut leur acheminement:
Vous suffise qu'ils arriuerent
Pres des Geans, qu'ils se camperent,
Et que Iupiter & son Fils,
(De Tonnerres faits à Memphis
Il auoit pleine vne charette)
Allerent la nuit sans trompette,

D'vn foudre qui tout entamoit,
Resueiller le chat qui dormoit;
Ce chat estoit, ne vous desplaise,
Typhon qui dormoit à son aise,
Pensant bien de son eschaffaut,
N'auoir plus à faire qu'vn saut
Iusques au Trosne de l'Olympe.
Mais bien bas cheoit qui trop haut grimpe.
Comme ceux qui cecy liront,
Dans vne page ou deux verront
A ce fracas espouuentable
Typhon le geant redoutable
Sauta du lit en calleçons,
Et tous ces grands mauuais garçons
Quitterent bien tost la paillace,
Et bien peu s'en falut la place:
Mais leur frere les rasseura,
Qui tant que cette nuit dura
Voulut qu'on se tint sur les armes
Pour faire la nicque aux alarmes.
Tout aussi tost que le iour vint
A la haste conseil il tint;
Typhon leur reprocha la crainte
Dont ils auoient eu l'ame atteinte
Au bruit qu'auoit fait Iupiter,
Et dit qu'on ne deuoit douter

Du ſuccez de leur entrepriſe,
Puis que l'ennemy par ſurpriſe
Ayant deſſus leur camp tiré,
N'auoit autre choſe operé,
Que donner nouuelle aſſeurée,
Que dedans la voûte azurée
Les Dieux s'eſtoient allez cacher,
Qu'il les en falloit dénicher:
Que pour cét effet Encelade
Iroit hazarder l'eſcalade
Souſtenu de Porphirion,
D'Athos, d'Aſie, & d'Echion,
Et de cent partie armez d'arbres,
Partie auſſi iettans des marbres.
Typhon auoit bien raiſonné,
Mais il n'auoit pas deuiné,
Que ce meſchant coup de tonnerre
Eſtoit ſtratageme de guerre,
Pour faire croire aux conjurez
Que les Dieux s'eſtoient retirez
Dedans leur celeſte demeure;
Ils le creurent à la malheure:
Mais de leur ſuperbe eſchafaut
Iupin leur fit prendre le ſaut,
Et contraignit iuſqu'en Sicille
Le grand Typhon de faire gille,

Où de dessous le Mont Ætna
Pû sortir du depuis il n'a.
Ce iour là n'eut rien de notable,
Sinon que sans quitter la table,
Ce grand Typhon & ses consors
Se remplirent si bien le cors,
Que ce pendant le fils d'Alcmene
Reconnut tout leur camp sans peine.
Cependant les Dieux dans les bois
Estoient cachez en tapinois;
Pour Mars enragé de se battre,
Il fallut le tenir à quatre,
Dont Iupin bien fort s'offença,
Et quasi deux fois le cassa.
Mais Venus la mere d'Enée,
Fit que sa faute pardonnée,
Iupiter rien n'en tesmoigna,
Et le voyant le bien-veigna.
L'autre Chant vous aprendra comme
Fut occis Typhon le pauure homme,
Et sous vn Mont ensulphuré
Estroitement claquemuré.

Fin du Quatriesme Chant.

CHANT CINQVIESME.

MVSE qui regis le Comique
Viens à moy de grace, & me picque,
Viens du ſon de ton flageolet
Me rendre l'eſprit tout folet ;
Vainement ie ſonge & reſonge,
Et mes pauures ongles ie ronge,
Sans pouuoir de mon froid cerueau
Tirer le moindre vermiſſeau ;
Viens-en viſte fondre la glace,
Afin viſtement que i'en faſſe ;
Fay moy bien décrire en beaux vers
Les horions & les reuers
Qu'en ce combat les Dieux donnerent,
Où ſi bien les mains ils menerent,
Que les Geants & leur grand Chef
Furent deffaits par grand mechef ;
Comme Typhon, au lieu d'Azyle,
Trouua ſa mort dans la Sicile,

Ou certain mont assommé l'a,
Et contraint de demeurer-là,
En recompense ie te voüe
Vn masque qui fera la moüe,
Et le sacrifice plaisant
D'vn petit Singe mal-faisant.
Courage mon feu se r'allume,
C'à mettons la main à la plume,
Et du rude culebutis
De ces grands hommes mal bâtis
Faisons vne gaye peinture,
Tout en dépit de la Torture,
Et des maux que malgré mes dents
I'ay ressentis depuis six ans.
Holà petit faiseur de carmes,
Qu'a-t'on à faire de vos larmes,
Finissez vostre lay plaintif,
Sans faire icy tant du chetif.
Cette mesme nuict qu'Encelade
Deuoit planter son escalade,
Iupin & son fils déguisez
En deux marchands deualisez
Qui redemandent leurs besongnes,
Cachans bien leurs diuines trongnes,
Allerent au camp ennemy
Voir s'il n'estoit point endormy:

Par les feux allumez qu'ils virent,
Et par le bruit qu'ils entendirent,
Iupin vit bien qu'au lendemain
Il faudroit agir de la main.
Tost apres ce grand Roy du monde
Armé du Tonnerre qui gronde,
Et son fils ce grand Fier-a-bras,
Ayant sa Masse sur son bras,
Virent aisément les rebelles
Qui montoient au Ciel sans échelles:
Comme l'Olympe blanchissoit,
Et l'Aurore la nuict chassoit,
Lors Iupiter joüa du foudre
Et mit leurs montagnes en poudre;
(Il estoit tireur tres-adroit,
Et son foudre six coups tiroit:)
Sur ces montagnes foudroyées,
Comme menu poivre broyées,
Ces grands hommes à demy morts
Imprimerent leurs vastes corps;
Aucuns comme en vn Cymetiere
Demeurerent dans la poussiere,
Aucuns étourdis seulement
N'y demeurerent qu'vn moment.
Apres cette mortelle aubade
Les grands Dieux de leur embuscade

Vinrent auecque de grands cris,
Autant qu'auroient fait des esprits,
Effrayer la Giganterie,
Et lors commença la tuërie,
Lors fit merueille de peter
Le Tonnere de Iupiter:
A la faueur de ce Tonnere,
Alcide vray foudre de guerre
A chaque coup quelqu'vn abat,
En met plusieurs hors de combat:
Enfin finit la destinée
Du redoutable Alcionnée,
De sa masse l'écarboüillant,
Et de son sang noir barboüillant
Le museau crotté de sa mere,
Ce qui luy fut douleur amere;
Des occis il fut le premier,
Mais il ne fut pas le dernier
De ceux dont le vaillant Alcide
En ce combat fut l'homicide.
Baccus fait des exploits diuins
Se trouuant lors entre deux vins,
Son Tirse enuironné de lierre
Fait iour par tout comme vn tonnere:
Les Menades suiuent leur chef,
Ayant aussi du vin au chef,

Et de leurs grands coups ſcandalizent
Maints Geants qu'elles cicatrizent ;
Apollon le tireur adroit,
D'Ephialte creve l'œil droit ;
Hercule luy creve le gauche :
Mercure de ſon ſabre fauche
Les jambes de Porphyrion ;
Mimas d'vn puiſſant horion
Fait ſauter à Mars la rondache,
Mars luy répond d'vn coup de hache,
Et le fend malgré ſon écu
Depuis la teſte iuſqu'au cu ;
Atropos fit tomber Pallene
D'vn coup de quenoüille dans l'ayne,
Et Clotho luy mit promptement
Vn fuſeau dans le fondement :
Enfin les Dieux faiſoient merueilles,
A bien donner ſur les oreilles
De leurs ſuperbes ennemis,
Deux ou trois deſquels à mort mis
Leur faiſoient facilement croire
Que le Ciel auroit la victoire :
Mais ceux qu'on croyoit foudroyez
Lors que les monts furent broyez,
Vinrent faire tourner la chance,
Ou du moins dreſſer la balance,

Qui lors deuers les Dieux panchoit,
Car Eurite le pied lâchoit,
Eurite qui cette iournée
Plus d'vne preuue auoit donnée
D'vn grand arbre fait comme vn dart,
Qu'il estoit valeureux soudart:
Il en estoit à la parade
Alors que suruint Encelade
Suiuy de tous ces furieux
Qui venoient de manquer les Cieux;
Cét enragé, du tronc d'vn chesne
Entama le flanc à Silene,
Et luy cassa du mesme coup,
Malheur qui l'affligea beaucoup,
Vne bouteille grande & belle,
Pendante à l'arçon de sa selle;
Lors qu'il vit couler son vin blanc,
Qu'il regretta plus que son sang,
Il demeura comme stupide;
Et sans l'assistance d'Alcide,
Encelade qui redoubloit,
Tres-asseurément l'accabloit,
Lors on vit monter & descendre
Maint dur coup sur mainte chair tendre,
Lors maint beau corps par grand peché
Fut tres-cruellement haché

Lors mainte Deesse foulée
Maudit mille fois la meslée,
Cependant que faisoit Typhon
Auec son grand nez de Griffon,
Hâ vrayment je veux vous le dire,
Il ne s'amusoit pas à rire,
Il se battoit contre Iupin,
En chaque bras ayant vn pin,
De chaque bras faisant la rouë,
Et faisant à Iupin la mouë,
Car tousiours quelque bras paroit
Autant de coups qu'il luy tiroit,
Iupin en maudissoit sa vie:
Enfin aueuglé de l'enuie
De venir de son homme à bout,
Il voulut hazarder le tout,
Et s'approcha branslant vn foudre,
Pensant bien le reduire en poudre,
Mais vn furieux moulinet
Luy brisa son foudre tout net:
Et comme il vouloit en reprendre,
Typhon eut le temps de s'étendre
Et de le saisir au collet,
Le traittant de maistre à valet,
Luy donnant mille craquignolles,
L'outrageant de mille paroles,

Dont le pauure Dieu mal-mené
Eust voulu lors estre damné:
Des grands Dieux par cette nouuelle
Se troubla bien fort la ceruelle,
Outre que ces maudits Geans
Les alloient fort endommageans,
Mercure & le vaillant Alcide
Y coururent à toute bride;
Et Mercure voulut ruser
Deuant que de la force vser,
Prenant toute la ressemblance
D'Hebé la Dame de Iouuence,
Pour laquelle ce Dieu sçauoit
Que Typhon grand amour auoit,
Typhon courant à sa maistresse,
Laisse choir Iupin qui se dresse,
Et qui voyant qu'il tallonnoit
Hebé, qui toûjours s'éloignoit,
D'vn petit tonnere de poche
Luy fesle toute la caboche,
Puis Hercule d'vn grand reuers
L'ayant fait tomber à l'enuers
Ces trois Dieux sur luy chamaillerent,
Et ses cens bras luy mutilerent,
Iupiter vouloit l'acheuer,
Mais Iris qui le vint trouuer,

Luy dit que la trouppe celeste
Estoit en danger manifeste,
Et qu'il la falloit secourir :
Et lors Iupiter de courir,
Laissant le Geant sur la place,
Tremblant & froid comme la glace ;
Il trouue en arriuant les siens
Las & recrus comme des chiens,
Qui tout le long d'vne iournée
Ont quelque biche mal menée ;
Mais à sa voix on reprend cœur,
Le vaincu deuient le vainqueur,
L'ennemy recule & s'étonne,
Ce Dieu sur luy tonne & retonne,
Et ces deux fils suiuans ses pas
Montrent bien qu'ils ne dorment pas ;
Le grand Alcide à coups de masse,
Assomme, renuerse, & fracasse ;
Mercure de ses moulinets
Coupe plusieurs membres tous nets :
Enfin tous les Dieux firent rage,
Venus y montra son courage,
Et d'vn Geant pris au colet
Par Mars, son tres-humble valet,
D'vne épingle entama la fesse,
Criant i'ay peur qu'il ne me blesse,

Et Mars d'vn grand estramaçon
Acheua ce pauure garçon :
En suitte Hercule tuë Eurite,
Pan, Thoon, Mercure, Hypolite,
Lequel mourut bien irrité,
Car il n'auoit iamais esté
Mis à mort iusques à cette heure ;
Mimas ayant à la malheure
Occis par grande trahison
Du vieil Silene le grison,
Mars d'vne profonde blessure
Fit voir le iour à sa fressure,
Athos tomba sous l'espadon
Dont ioüoit le Dieu Cupidon,
Diane fit mourir Asie,
Thoon ayant Iunon saisie
Fut par Vulcan & par Ceres,
Tué de son propre Cyprés ;
Pallas au furieux Pallante
Montra bien qu'elle estoit vaillante,
Le tuant de deux coups d'estoc,
En suitte elle soutint le choc
Que luy vint donner Encelade,
Et d'vne grande coustillade
Luy faisant ouuerture au flanc
Luy tira l'ame auec le sang :

Neptune du grand Polibote
Ayant esuité mainte botte,
Le fit choir d'vn coup de Trident,
Et puis l'acheua d'vn fendant :
Ceux-là morts, tous ceux qui resterent,
Le combat plus ne contesterent,
Qui çà, qui là, chacun s'enfuit,
Et chaque Dieu quelqu'vn d'eux suit :
Enfin ceux qui fuyent & suiuent,
Courans à qui mieux mieux, arriuent
Droit où Typhon auoit esté
Par Iupiter si bien frotté ;
Mais ce furieux personnage
N'auoit pas perdu le courage,
Il s'estoit depuis vn moment,
De son long étourdissement
Réueillé secoüant l'oreille,
Et lors on vit vne merueille,
Car il fit auecque ses pieds
Plus que ses bras estropiez,
N'eussent fait dedans la bataille,
Il appella les siens canaille,
Et se meslant parmy les Dieux,
En blessa les plus furieux,
Lors aux Geants reuint l'audace,
Au cœur des Dieux reuint la glace,

Et n'eut esté que Iupiter
Eut credit de les arrester,
Ces pauures Dieux sans nulle doute,
S'en alloient mis en vauderoute,
S'en alloient estre déconfits,
Mais Iupin & son vaillant fils
Au deuant de Typhon allerent,
Et de deux costez l'attaquerent.
Il s'en épouuantoit fort peu,
Mais ce voyant couuert de feu.
Et s'entant les coups de massuë
Il n'espera plus bonne issuë
De son combat mal entrepris:
Et lors la crainte d'estre pris
Luy faisant montrer les posteres.
Il s'enfuit suiuy de ses freres;
Et Iupiter de foudroyer
D'vn long Tonnerre à giboyer,
Dont Phlegre put encor le soulphre.
Qu'il exhale par plus d'vn gouffre.
Cependant Typhon arpentoit,
Et de lieuë en lieuë sautoit
Si viste, que de Thessalie
A passer iusqu'en Italie
Il ne fut quasi qu'vn moment
Tant il courut legerement:

Iupiter à grands coups de foudre
Fait tout ce qu'il peut pour le moudre,
Et de terre en terre le suit,
Enfin ce malheureux s'enfuit
Se cacher dedans la Sicile,
Mais ce luy fut vn pauure Azyle,
Iupiter d'Ætna le couurit,
Et comme au trebuchrt le prit,
Depuis les feux que la montagne
Vomit souuent sur la campagne
Furent crus les soûpirs ardants
De Typhon enfermé dedans:
Ainsi presque toûjours le vice
A la fin trouue son suplice,
Et iamais la rebellion
Ne'uite sa punition.
Tous les autres fils de la terre
Furent détruits par le tonnerre,
Et seruirent en diuers lieux
De trophée au maistre des Dieux.
Et moy ie mets fin à mon conte,
Tiré du Sieur Noël le Conte.

FIN DV CINQVIESME
& dernier Chant.

PRIVILEGE DV ROY.

LOVIS par la grace de Dieu Roy de France & de Nauarre ; A nos Amez & Feaux Conseillers les Gens tenans nos Cours de Parlement, Maistres des Requestes ordinaires de nostre Hostel, Baillifs, Seneschaux, Preuosts, leurs Lieutenants, & à tous autres de nos Iusticiers & officiers qu'il appartiēdra, salut. Nostre cher & bien amé Toussainct Quinet, Marchand Libraire de nostre bonne ville de Paris, nous a fait remonstrer qu'il desireroit faire imprimer la suitte du recueil de quelques Vers Burlesques, intitulé *Typhon, ou la Gigantomachie*, dedié à Monseigneur l'Eminentissime Cardinal Mazarin ; Ce qu'il ne peut faire sans auoir sur ce nos Lettres, humblement requerant icelles. A CES CAVSES, Desirant fauorablement traitter ledit exposant, Nous luy auons permis & permettons par ces presentes, de faire imprimer, vendre & debiter en tous lieux de nostre obeyssance lesdits Vers Burlesques, en telles marges & tels caracteres, & autant de fois que bon luy semblera, durant le temps de cinq ans entiers & accomplis, à compter du iour que ledit Liure sera acheué d'imprimer pour la premiere fois. Et faisons tres-expresses deffenses à toutes personnes de quelque qualité ou condition qu'elles soient de l'imprimer, faire imprimer, vendre ny debiter durant ledit temps en aucun lieu, sans le consentement dudit exposant, sous pretexte d'augmentation, correction, changement de titre, fausses marques ou autres en quelque sorte que ce soit, à peine de trois mille liures d'amende payables sans deport, nonobstant oppositions ou appellations quelsconques par chacun des contreuenans, appliquables vn tiers à Nous, vn tiers à l'Hostel Dieu de Paris, & l'autre à l'exposant ; confiscation des exemplaires contrefaits, & de tous dépens dommages interests, à condition qu'il en sera mis deux exemplaires en nostre Bibliotheque publique, & vn en celle de nostre tres-cher & Feal le sieur Seguier, Cheualier Chancelier de France, auant que de les exposer en vente, à peine de nullité des presentes. Du contenu desquelles nous vous mandons que vous fassiez iouyr plainement & paisiblement l'exposant, & ceux qui auront droit de luy, sans aucun empeschement. Voulons aussi qu'en mettant au commencement où à la fin dudit Liure vn extrait des presentes, elles soient tenuës pour deuement signifiées, & que foy y soit adioustée, & aux coppies d'icelles collationnées par l'vn de nos Amez & Feaux Conseillers & Secretaires, comme à l'Original. Mandons aussi au premier nostre Huissier ou Sergent sur ce requis, de faire pour l'execution des presentes tous exploits necessaires, sans demander autre permission. CAR tel est nostre plaisir, Nonobstant Clameur de Haro, Chartres Normandes, & autres Lettres à ce contraires. Donné à Paris, le vingtiesme iour de Decembre, l'an de grace mil six cens quarante-trois. Et de nostre regne le premier. Par le Roy en son Conseil.

LE BRVN.

www.ingramcontent.com/pod-product-compliance
Lightning Source LLC
LaVergne TN
LVHW020420230826
846091LV00004B/1337

* 9 7 8 2 0 1 4 4 3 2 4 6 6 *